QUELS
drôles de cheveux!

Sandra Markle

Illustrations de
Howard McWilliam

Texte francais
d'Isabelle Montagnier

Éditions
SCHOLASTIC

Avec amour, pour
Piper Rose Jeffrey

Catalogage avant publication de Bibliothèque et Archives Canada

Markle, Sandra

[What if you had animal hair!? Français]
Quels drôles de cheveux! / Sandra Markle ; illustrations de Howard
McWilliam ; texte français d'Isabelle Montagnier.

Traduction de : What if you had animal hair!?
ISBN 978-1-4431-4526-8 (couverture souple)

1. Fourrures--Ouvrages pour la jeunesse. 2. Cheveux--Ouvrages
pour la jeunesse. I. McWilliam, Howard, 1977-, illustrateur II. Titre.
III. Titre : What if you had animal hair!? Français

QL942.M3714 2015   j591.47   C2015-900862-X

Édition publiée par les Éditions Scholastic, 604, rue King Ouest,
Toronto (Ontario) M5V 1E1.

6 5 4 3 2 Imprimé au Canada 114   17 18 19 20 21

Direction artistique : Paul W. Banks
Conception graphique : Kay Petronio

Imagine qu'un beau
matin, tu te réveilles
avec une crinière
d'animal sauvage à la
place des cheveux!

ours polaire

La fourrure de l'ours polaire le tient bien au chaud.
Elle est constituée de deux couches. Celle du
dessous est faite de poils courts et laineux.
Celle du dessus est faite de poils longs, raides
et huileux. Les poils du dessus font près
de 20 cm de longueur. Ils semblent
blancs comme la neige de l'Arctique.
C'est parce qu'ils sont creux
et de couleur claire, et
qu'ils reflètent la
lumière tout comme
la neige!

Info

Chaque année, en mai ou juin, l'ours polaire perd ses poils.
Un nouveau pelage repousse en moins d'un mois.

Si tes cheveux étaient comme les poils d'un ours polaire, tu n'aurais jamais besoin de porter de tuque pour jouer dehors, dans la neige et le froid.

renne

Le renne a, lui aussi, un pelage constitué de deux couches et il a beaucoup de poils : environ 10 000 par centimètre carré de peau si on ne compte que les poils du dessus. Ceux-ci sont longs, raides et creux afin d'emprisonner de l'air. Non seulement ils protègent le renne du froid, mais ils permettent également à ce lourd animal de flotter dans l'eau.

INFO

Les poils creux empêchent la chaleur dégagée par le corps du renne de s'échapper. Quand un renne est couché par terre, la neige ne fond même pas sous lui!

Si tes cheveux étaient comme les poils d'un renne, nager serait un jeu d'enfant, même dans des eaux très agitées.

Bœuf musqué

De tous les animaux sauvages, le bœuf musqué est celui qui a les poils les plus longs. Certains mesurent jusqu'à 60 cm! Sa toison hirsute pend jusqu'à ses sabots. Elle est aussi constituée de deux couches. Très épaisse, elle le protège comme une armure.

Info

Chaque année au printemps, les bœufs musqués perdent leur sous-poil. Cette masse laineuse peut peser jusqu'à trois kilos.

Si tes cheveux étaient comme les poils d'un bœuf musqué, tu pourrais jouer dehors jour et nuit, été comme hiver, sans craindre les engelures, les coups de soleil ou les piqûres d'insectes.

oryx

L'oryx algazelle vit dans le désert africain. Son pelage convient parfaitement à cet habitat. Sa couleur pâle reflète la lumière du soleil et lui évite d'avoir trop chaud. De plus, comme ses poils sont ras, la brise atteint facilement sa peau et la rafraîchit.

info

À la naissance, les petits ont le pelage jaune et uni. Quand ils grandissent, leur pelage s'éclaircit et des marques distinctives apparaissent.

Si tes cheveux étaient comme les poils de l'oryx, tu n'aurais jamais besoin de les peigner ou de les brosser. Même si tu te roulais par terre, la saleté ne pénétrerait pas dans des cheveux aussi courts, et ils ne s'emmêleraient jamais.

Lion

Le lion possède une crinière : de longs poils épais tout autour de la tête, sur le cou et sur les épaules. Plus cette crinière est abondante, mieux c'est. Les chercheurs ont remarqué que les lionnes préfèrent les mâles à la crinière très dense. C'est sans doute parce que ce sont habituellement les mâles en meilleure santé.

info

La crinière d'un lion a besoin d'être lavée et démêlée régulièrement. Heureusement, les lions d'une même troupe se nettoient les uns les autres. Ces grands félins ont un peigne à la portée de la... bouche : leur langue rugueuse.

Si tes cheveux étaient comme la crinière d'un lion, tu te ferais remarquer dans une foule. Tu serais imposant et impressionnant.

zèbre

Les zèbres ont un pelage à rayures noires et blanches. Ces rayures les protègent. Qu'ils soient immobiles ou qu'ils courent, les zèbres restent habituellement en troupeaux. Toutes ces rayures créent alors une confusion et désorientent les prédateurs comme les lions ou les hyènes.

info

La crinière du zèbre révèle son état de santé : si elle se dresse en brosse, c'est que l'animal est en bonne santé, mais si elle tombe sur le côté, c'est qu'il est malade.

Si tes cheveux étaient comme les poils d'un zèbre, tu sortirais vraiment de l'ordinaire... d'autant plus que la combinaison de rayures de chaque zèbre est unique!

paresseux à trois doigts

La fourrure du paresseux à trois doigts a souvent une teinte verte parce que de petites algues poussent dessus. Comme les paresseux vivent dans des forêts pluviales et bougent peu, leur fourrure constitue un terrain accueillant pour les plantes. Cette teinte verte a des avantages : elle permet au paresseux de se camoufler dans les feuillages et d'échapper ainsi à ses prédateurs comme les jaguars et les harpies féroces, un type d'aigles.

info

Comme le paresseux à trois doigts passe la plus grande partie de sa vie suspendu la tête en bas, ses poils ne poussent pas de la même façon que ceux des autres animaux. Quand il est dans cette position, ses poils retombent sur son corps et protègent sa peau de la pluie.

Si tes cheveux étaient comme les poils d'un paresseux à trois doigts, tu ne serais jamais seul, car les algues qui y pousseraient serviraient d'habitat à toutes sortes d'insectes inoffensifs.

renard arctique

En hiver, la fourrure du renard arctique est blanche comme la neige. Chaque poil est épais, ce qui rend son manteau dense et chaud. Quand les journées s'allongent et se réchauffent, le renard arctique mue et son pelage se transforme en un manteau brun aux poils fins pour qu'il n'ait pas trop chaud. En plus d'assurer son confort, ce nouveau manteau permet au renard arctique de ne pas se faire repérer quand il guette ses proies comme les lemmings et les campagnols.

info

À l'approche de l'hiver, de longs poils poussent entre les doigts et sur la plante des pattes du renard arctique. Cette fourrure est pratique pour courir sur la glace sans glisser.

Si tes cheveux étaient comme les poils d'un renard arctique, tu ne te fatiguerais jamais de leur couleur parce qu'elle changerait avec les saisons.

pangolin géant

Le corps du pangolin géant est recouvert d'écailles. Elles sont faites de kératine et sortent de la peau, tout comme les cheveux. Les écailles du pangolin géant sont tout d'abord petites, puis elles grandissent et tombent. Alors de nouvelles écailles les remplacent.

info

Le bord des écailles du pangolin géant est aussi tranchant qu'une lame de rasoir. Aussi, quand il se fait attaquer, le pangolin géant se roule en boule pour se protéger.

Si tu avais des écailles sur la tête comme le pangolin géant, tu n'aurais jamais besoin de porter de casque pour faire du vélo.

porc-épic

En plus de son pelage, le porc-épic possède des piquants. Ils sont longs, raides et pointus comme des aiguilles. En cas d'attaque, le bout de ces piquants reste planté dans la peau de l'adversaire et peut causer une infection.

info

La peau du porc-épic sécrète une substance graisseuse qui enrobe chaque piquant. Cette substance contient un produit chimique qui tue les microbes. Si un porc-épic se pique accidentellement, la blessure ne s'infecte pas.

Si tes cheveux étaient comme les piquants d'un porc-épic, tu ne te ferais jamais embêter par des brutes.

23

taupe à nez étoilé

Contrairement aux autres animaux, les poils de la taupe à nez étoilé peuvent s'aplatir dans n'importe quel sens : vers l'avant, vers l'arrière ou sur les côtés. Ils restent toujours bien à plat. Ainsi, la taupe se faufile aisément dans ses galeries souterraines, en marche avant ou en marche arrière.

info

La taupe à nez étoilé a des pattes griffues semblables à des peignes. Elle s'en sert pour étaler de l'huile sur ses poils afin de les rendre imperméables. C'est important pour un animal qui vit dans des galeries humides.

Si tes cheveux étaient comme les poils d'une taupe à nez étoilé, ils resteraient dressés dans n'importe quel sens quand tu les coifferais.

Ce serait amusant pendant quelque temps d'avoir le pelage d'un animal sauvage à la place des cheveux. Cependant, tu n'as pas à utiliser tes cheveux pour flotter ou pour désorienter tes ennemis. Tu n'as pas besoin non plus que tes cheveux changent de couleur selon les saisons, ni qu'ils te servent de casque ou qu'ils s'aplatissent dans tous les sens.

Et tu ne te sers jamais de tes cheveux pour te défendre, peu importe les circonstances. Alors quel genre de toison te faudrait-il?

Heureusement, tu n'as pas à choisir. Même si tes cheveux ressemblent parfois à une toison hirsute, ce sont des cheveux humains.

Ils protègent ta tête de la chaleur, du froid et des coups et ils te donnent belle allure quand ils sont propres et bien coiffés.

comment poussent les cheveux

La croissance des cheveux commence dans la racine. Celle-ci est un groupe de cellules vivant à l'intérieur d'un petit trou dans la peau qu'on appelle follicule pileux et qui ressemble à un petit sac. C'est là que les cheveux naissent, à partir de l'assemblage des cellules produites par couches successives. À mesure que les couches s'accumulent, les cellules mortes, qui forment la tige du cheveu, sortent de la peau. Tant que la racine est vivante, le cheveu continue à pousser. Sa croissance est d'environ 12 cm par an. Il peut atteindre jusqu'à un mètre.

Arrache doucement l'un de tes cheveux. Ne t'inquiète pas, tu en perds une centaine par jour. Chaque cheveu qui tombe est remplacé par un nouveau.

Observe de près la tige du cheveu avec une loupe. Sa forme détermine si le cheveu est raide, ondulé ou frisé. Les cheveux raides ont une tige ronde, les cheveux ondulés ont une tige ovale et les cheveux frisés ont une tige aplatie.

comment prendre soin de ses cheveux

La meilleure façon d'avoir des cheveux sains et vigoureux est de bien manger. Les cheveux humains ont besoin d'un régime à base de protéines qu'on trouve dans la viande, le poisson, le lait, le fromage, les légumineuses, les noix et les œufs. Ils ont également besoin de vitamine B, présente dans des aliments comme le yogourt et les grains entiers, ainsi que de fer, de cuivre et d'iode qu'on trouve dans les crustacés et les légumes verts et feuillus.

Il est important de se laver les cheveux régulièrement. Les animaux consacrent beaucoup de temps et d'efforts à leur toilette. Nombre d'entre eux, les chats par exemple, lèchent leur fourrure pour la laver et la peigner. Certains animaux qui vivent en groupes, comme les singes, s'entraident pour nettoyer leur pelage.

La chose la plus importante à savoir, c'est que tes cheveux font partie de ton corps. Si tu vis sainement, tes cheveux seront en bonne santé.

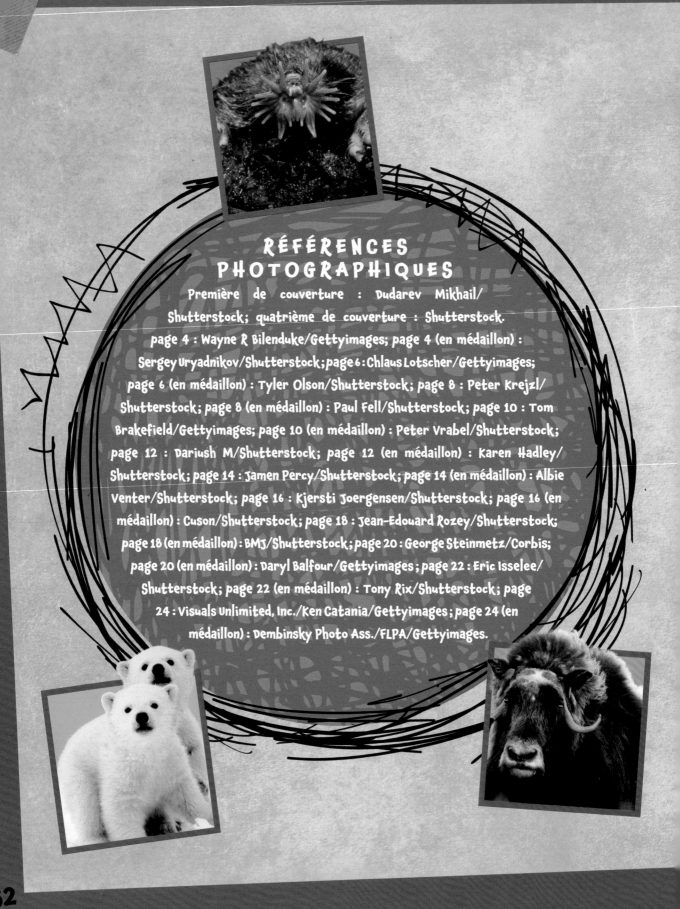

RÉFÉRENCES PHOTOGRAPHIQUES

Première de couverture : Dudarev Mikhail/ Shutterstock; quatrième de couverture : Shutterstock. page 4 : Wayne R Bilenduke/Gettyimages; page 4 (en médaillon) : Sergey Uryadnikov/Shutterstock; page 6 : Chlaus Lotscher/Gettyimages; page 6 (en médaillon) : Tyler Olson/Shutterstock; page 8 : Peter Krejzl/ Shutterstock; page 8 (en médaillon) : Paul Fell/Shutterstock; page 10 : Tom Brakefield/Gettyimages; page 10 (en médaillon) : Peter Vrabel/Shutterstock; page 12 : Dariush M/Shutterstock; page 12 (en médaillon) : Karen Hadley/ Shutterstock; page 14 : Jamen Percy/Shutterstock; page 14 (en médaillon) : Albie Venter/Shutterstock; page 16 : Kjersti Joergensen/Shutterstock; page 16 (en médaillon) : Cuson/Shutterstock; page 18 : Jean-Edouard Rozey/Shutterstock; page 18 (en médaillon) : BMJ/Shutterstock; page 20 : George Steinmetz/Corbis; page 20 (en médaillon) : Daryl Balfour/Gettyimages; page 22 : Eric Isselee/ Shutterstock; page 22 (en médaillon) : Tony Rix/Shutterstock; page 24 : Visuals Unlimited, Inc./Ken Catania/Gettyimages; page 24 (en médaillon) : Dembinsky Photo Ass./FLPA/Gettyimages.